사라지는 시간들

.

사라지는 시간들

초판 1쇄 발행 | 2021년 6월 16일

지은이 | 김주태
펴낸이 | 황규관

펴낸곳 | (주)삶창
출판등록 | 2010년 11월 30일 제2010-000168호
주소 | 04149 서울시 마포구 대흥로 84-6, 302호
전화 | 02-848-3097
팩스 | 02-848-3094
ⓒ 김주태, 2021
ISBN 978-89-6655-136-1 03810

사라지는 시간들

김
주
태

시
집

삶창

시 한 편 쓸 때마다

고해성사 하는 기분이었다.

누구에게 털어놓은 것일까?

아무도 없는 들판에서 혼자 중얼거리다 보면

가슴속에 고름처럼 울음이 고였다.

이렇게 세월은 하염없이 흘러갈 것이다.

차례

1
부

상여가 간다

흰 고쟁이 헛간 바지랑대에 걸린다
흙빛 고무신 지붕에 오른다
모닥불 주위에 모인 사람들
수박 금 좋다고 히히덕
우물우물 문어를 씹는다
오래 잊었던 맛 씹고 또 씹는다
내년엔 수박 금이 어떨런고
해거리해야지
하느님도 해마다 복을 주시는 게 아닌 거라
솔가지 진물이 다 빠지도록
오지게 우네
상주가 저렇게 울어야지
상두꾼이 모이고
상여가 간다
집을 한 바퀴 휘돌아
거칠 것 없이 뒤돌아볼 것 없이
출렁출렁 잘도 간다
억새들 일제히 푸르게 일어선 등성이

솔가지 슬픔을 걸어두고
한 열흘 앓다 비시시 일어난 메마른 달빛
마을에 불빛이 하나 사라졌다
산이 천천히 마을로 내려온다

사라지는 시간들

봄보다 가을이 고운 가시리골
홀로 걷는 들길
복숭아 때깔이 작년보다 더 고우냐고
겨울에 저세상 간 박 씨에게 묻고 싶고
보름 전 요양원에 간 이 씨에게
감자 잘 여물고 있느냐 물어보고 싶다
가물어도 다들 시퍼렇게 버티고 있는데
모두 떠나고
사라지고
굽어지고
보이지 않네
오솔길은 없어졌는데
신작로만 시커멓게 넓어지고 있네

뒤집어진 봄

논을 갈아엎는다

논을 뒤집어놓는다

논을 갈아엎고 뒤집듯

나도 뒤집어져볼까나

개구리 뒤로 벌렁 누워

허연 배 내밀고 하늘 쳐다보듯

뒤집어져 세상을 바라보던

그 남자

열하나에 아버지 잃고

소등에 붙은 진드기만큼 작던

쟁기질 배우던 남자

쑥 뜯어 허기 달래고

물 한 모금 마시고

봄날 갈증 지우며

돌아서서 바지춤 내려

오줌 누던 그 남자

소 타래기 팽개치고

논물에 손 씻어 그 길로

광산으로 뛰쳐나갔던
딱 한 번 뒤집어졌던 봄날

곤줄박이

올무에 걸린 멧돼지를 끌고 왔다
짐칸이 녹슨 이십 년 된 트럭이 오고
풀풀 연기 날리며 털보가 내리고
개울가에서 부속을 뜬다
바람맞은 아재가 어눌한 말로 쓸개를 챙겨달라 해서
억새풀로 닦은 냄비에 담아 준다
선지피같이 엉기며 겨울비는 내리고
비린내 나는 개울물은 흘러간다
대야에 수북한 고깃점을 맴돌던 곤줄박이가
쇠 톱날 같은 부리로 입을 대었다가
제 먹이가 아닌 줄 알고
총총 뒷걸음질 치는 슬픔이
날개에 두툼한 비계 털같이 붙어 있다
멀리 낮은 지붕들이 안개 속에 묻히고
마당에 연기가 피어오른다
텃밭에서 묵은 김치 꺼내고 가마솥에 물이 끓는다
고양이는 훔쳐 물고 가시나무 사이로 달아나고
산에서부터 따라 내려온 곤줄박이가

긴 겨울을 나기 위해 상수리나무 구멍 속으로
부지런히 먹이를 나르고 있다

객토

이제 그만 논 댓 마지기
남 줘버리소
품값도 안 나오는 거

쇠스랑 이 빠진 낫 호미 닥치는 대로 난다
부러진 곡괭이 자루마저

네 놈이 아직 목구멍이 바싹바싹
말라보지 않아서 그러지
눌 똥도 없이 쪼그려 앉아 끙끙거려봐라
뒷목이 당겨 저승이 코앞이지
이놈아
밥이 어찌 생기는지도 모르는 놈
보리타작에 섞어 두들겨도
시원찮을 놈

털털 경운기는 가고
뒤에 올라탄 나는 흙을 부리고

아버지는

논에다 골고루 뿌리고

허수아비

비가 내리자
새도 날아오지 않고
잠자리도 숨었는데
홀로 서 있는 허수아비
옷은 다 젖고
다리에 물은 차오르고
바람 불어 덜덜 떨고 있네
됐다 오늘은 그만
들어가서 쉬어라
허수아비야

노갑 씨 가을이 간다

식전 댓바람 치매 걸린 노인

가시나무 한 아름 꺾어

간고등어라 우긴다

툇마루에 두 다리 쭉 뻗고 앉아

등뼈 같은 가시 바른다

뽀드득뽀드득 씹히는 생의 마디들이

부러진다 톡톡

자꾸 넣지 마시라니까요

곁에 붙어 피 묻은 입술

찌꺼기 닦아내는 손이 분주하다

시래깃국에 아침 햇살 비비는 숟갈 반짝인다

까슬까슬한 호박잎쌈에 목이 메어

물 한 모금으로 겨우 숨통 틔운다

청양고추 땡볕에 하루 종일 말리다

느닷없이 우박 맞는다

면 소재지 나가 빚 갚고

오토바이 타고 오다

시멘트 바닥에 굴러

한 달 보름 병원에 누웠다가 집에 오니

배추밭이 온통 누렇다

홧김에 향촌집 여자와

바닷바람 쐬고 며칠 둥둥 떴다 돌아와

밭둑에 서 있는

노갑 씨 헐렁한 바짓가랑이 속으로 황금빛 바람이

서늘하게 부풀어 오른다

혹시나 하고 산다

혹시나 하고 사는 인간들이 주위에 많다

올해는 고추 금이 좀 괜찮을까

있는 밭 없는 밭 고추만 심고

작년에 생강 좋았다고 올해도 혹시나 싶어

논을 밭으로 바꿔 생강만 심고

혹시나 해서 논밭 팔아 주식 하다 다 털어 소식 끊기고

혹시나 싶어 송아지 왕창 들였다가

사룟값만 올라 날품 팔러 다니고

쉰 넘어 장가가서 혹시나

늘그막에 대 이을 아들 하나 보나 했는데

바다 건너온 색시는 이틀 만에 사라지고

아들 대학 졸업하고 살림이 좀 펴지려나 싶었는데

방에서 뒹굴고 있고

혹시나 농협 빚 더 낼 수 있을까 싶어

아침 먹고 부리나케 일어선다

혹시나, 혹시나 하는 사이에 세월만 간다

여름밤

늦은 시간
잠을 설치다
베개 들고
벚나무 정자로 가다가
앞집 수야 엄마와 마주쳤다
긴 생머리를 흔들며
돌아서서
키득키득 웃는다

영문을 모른 채
나도 수야 엄마 따라
히죽 웃었다

참한의원

침 꽂고 침대에
누워 있으면
허리야 무릎이야
문을 들어서며 하는 인사
할매 또 밭에 갔제
구부리고 일하니까 자꾸 아프지
쉬어야 낫는다니까
할배는 또 논에 들어갔제
그러다 죽을 때까지 안 낫는다고
몇 번이고 말했는데
저번 장날부터 쉬어야 된다고 그랬잖아
전부 오늘낼 하는 양반들이
죽어라고 말을 안 들어
그러니까 병이 안 낫지
침 튀기며 떠드는 원장의 말에
아이고아이고 하던
한의원이 찬물 끼얹은 듯 조용해졌다

장날

아무것도 볼 것 없다는 딸 뒤따라
통리장(場)을 서성이다
수공으로 만들었다는 호미 앞에 앉아
뚫어져라 쳐다보다 만져보다
가슴에 한 아름 와 닿은 안개만 털어낸다
이 호미는 불에 담그고 망치로 내려쳐 만들었겠지
가슴으로 흘러내리는 땀방울
꼬질꼬질한 수건으로 닦아내면서
벌겋게 단 놈을 찬물에 얼른 집어넣었다가 빼고
그러다 손에 물집도 잡혔겠지
온통 불에 덴 흔적뿐이겠지
가슴이 아린데
저만치 앞서가던 딸이
아빠 길 잃어버린 줄 알았네
소매를 잡아끄는 바람에
잡았던 호미
슬그머니 내려놓았다

가을비

가슴에
댓돌
박아놓고
떠난 사람
또닥
또닥
또그닥
목발 짚고 오네

참나무골

참나무골 곳집이 있다
꿀밤 줍는 늡실 어른
턱수염이 바람에 붓이 된다
낡은 지붕 위
굴참나무 사이 구름 없는 하늘을 그리고
날개 없는 새를 그린다
굽은 허리의 세월을 그린다
반푼이 무용이 헤벌어진 입처럼
눈을 감아야 열리는 곳집 문
삐그덕 일없이 열었다 닫았다
툭툭 떨어지는 밤알
언덕으로 구른다
밭 언저리에 떨어진다
볏짚같이 푸석한 늡실 어른 머리에도 떨어진다

부조

논물 싸움 이만 원 배추 모종 한 접 안 줌 이만
막내 결혼 안 받음 건너감 비료 세 포 안 갚음 일만
물 건너 마을 한 번씩 건너 함재 너머 마을 일만

아버지의 단호한 경제에는 따뜻함이 배추전처럼 박
혀 있다

조용한 아침

한 해 한 해 빈집이 늘어가는 마을
정월에는 아랫마을에 초상이 났다
오늘 아침엔 부고 돌릴 사람 없어
이장이 마이크 잡고
배나무실 어른 하늘나라 가셨다고
조용한 마을 더 고요하게 만들었다
새벽에 나가 밭고랑 짓고
소똥 치고 여물 주고
감자 씨 내던 아버지
윗마을 상갓집에 가보셔야지요
감자 싹 올라오는 거 안 보이나
두 뼘은 족히 넘을 게다
그 양반 해가 중천에 걸리도록 방구들만 지고 있더
니만
심심했던 모양이구만
염라대왕이 부른다고
공손하게 따라나선 걸 보니
가서 전해라

내사 바빠서 죽을 시간도 없다고

지게 작대기

시오 리 길 학교 가다
잃어버린 육성회비 백이십 원
울며 집으로 돌아왔네
소죽 부엌에 장작개비 밀어 넣던 아버지에게
들킬까 두려워
토란 뒤에 숨어 몰래 엄마 불러내면
엄마보다 더 빨리
날아오던 지게 작대기
도둑고양이보다 빨리 몸을 피했네
감나무 돌아 나올 때까지
뒤따라오던 지게 작대기
학교 늦는다고 다그치던 지게 작대기
중간고사 성적이 떨어져 춤추던 지게 작대기
나무 한 짐 지고 능선 넘다 쓰러지면
일으켜 세워주던 지게 작대기
책 몇 권 이불 하나 지고 자취방 골목 오르던 지게
작대기
객지 떠돌다 마당에 들어서니

자꾸만 기울어져가는 담벼락을

꼿꼿이 버팅기고 있네

고드름

햇살 한 줌에 녹아 흐르는 물에
눈 감고 있던 씨앗들이
조금씩 잠에서 깨어 실눈 뜬다

먼 산에는 솔바람 소리
내 가슴 깊숙한 곳에 빨갛게 숨은 봄,
울컥 꺼내보았으면

가을비 오는 밤

어두운 밤
가을비 내리는데
마당에
감 하나 떨어진다

툭―

길다
끈을 놓는
소리

안방에서
잠이 든 할머니가
끙 돌아누우면
들리던 소리

빗소리는 가늘어지고
잠결에 까마득히 또 감 하나 떨어진다

매운 가계(家計)

자전거에 박스 싣고 오신 아버지
마당에 심어놓은 고추에 물 뿌린다
긴 호스로 흠뻑 적신다
매운 고추가 자란다

아래채 사는 노인
박스를 내리고 담 곁에 쌓는다
빈 몸 뒤척이며 박스들이
감나무를 타고 오른다

동상 걸린 손으로
국수를 비비는 아버지가
재채기를 뱉어내는 순간에도
매운 고추는 자란다

낡은 기와지붕 밑 매운 가계(家計)들이
무럭무럭 자란다

2
부

간이역

타려고 손드는 사람 없어
저 혼자
꽥 소리 지르고 간다

구절초만 흔들어놓고 간다
모퉁이 돌아
뒤돌아보며 또 한 번
꽥 소리 지르고 간다

산 넘고 물 건너
저 멀리 가서도
꽥 소리 지른다

갈대

시집가기 전날 밤
맏누이가
갓 풀 먹인
이불 홑청에
얼굴을 묻고
흐느끼는 소리

장릉 고모

아들 바라다
내리 딸만 넷 낳은 장릉 고모
나이 들어
허리 꺾이고
무릎 꺾여
앉은뱅이로 몇 해
처마 밑에 앉아
시래기 다듬고 무 썰다
서울에 겨우 방 두 칸 마련한
큰딸 따라갔던 장릉 고모
냉이가 마당에 만발한 봄날
꽃 속에 묻혀 집으로 돌아와서
이제는 꽃 따라간다
봄날이 간다

화해

자연책을 누가 가져갔을까
엉엉 울며 찬물에 밥 말아 먹을 때
감자밭 매다 호미 들고
마당에 들어서던 울 어매
흙 묻은 고무신 손에 꼭 움켜쥐고
맨발로 종오네 수수 담 넘었지
글 모르던 울 어매 눈에
그림이 똑같은 책 두 권이 나와
소꼬리로 등짝 후려갈기듯
종오는 엎어지고
뒷간에서 오줌 누던 종오 어매 겨우
엉덩이만 걸치고 뛰쳐나와
한여름 뙤약볕에 엉겼지
그 후로 두 어른 오래도록
마을 품앗이도 비켜갔지
참 이상한 일이야
울 어매 산소에서 몇 발자국 비스듬한 맞은편
종오 어매가 묻혔으니

고구마 덤불이 말라가던 어느 오후
산소에 갔었는데
쑥부쟁이 꽃을 종오 어매 어깨너머로
슬슬 밀어주며
샐쭉이 고개 돌리고 있네
울 어매가

밤일

이런 일 저런 일로
술에 절어 살다
눈이 충혈되고 손까지 조금씩 떨려
한약방에서 맥을 짚는다
밤일은 자주 하는가
허구한 날 밤일이지요
허 허 이 사람이
장딴지만 한 쇳덩어리를 빳빳이 세워
매일 조아주는 밤일이지 암
흥건히 축축이 젖는 밤일이지
축 늘어지는 뱅글뱅글 도는 밤일이지
불알에 땀은 나는가
펑펑 쏟아지는데요
큰일이네
보름치 약을 먹고
당분간 밤일을 쉬게
그런데 해성 어른
집에서나 밖에서나

무노동 무임금이라는데

괜찮을까요

팔씨름

어린 아들과
일흔의 아버지
밭둑에 엎드렸다
손자의 재롱에 장단이나 맞춰주고
기나 살려주려는 거지
건성으로 내려다보는데
내리 열 판 넘긴다
핏기 올라 씩씩대는 다섯 살배기
한 번쯤 넘어가줄 만한데
넘어갈 듯 다시 올라온다
닥나무 새순 같은 팔을 보며
내 팔에 불끈 힘이 들어간다
막걸리 한 잔에 마늘장아찌 입술 훔치며
아버지 밭고랑 들어서 말뚝 박는다
그래, 바닥없는 놈일수록
팔심부터 길러야 되는 거지
땅땅 굵은 대못 친다
앞산 금이 간다

고마운 일

아이들이 어릴 때 이 동네로 와서
아직까지 살고 있다
이름 없는 잠바를 입고 아이들은
즐겁게 힙합을 따라 했고
가끔 먼 곳으로 떠날 꿈을 꾸다
돌아오는 날이면
집을 잃은 큰 개가 현관에 버티다 끌려갔다
또래들은 하나둘 골프장으로 가고
땅을 보러 다니고
동네 사람 반이
신축 아파트로 옮겨 갔지만
우리에겐 늘 넉넉한 저녁이 있었다
코코넛을 씹으며
딸은 누구나 가는 대학을 고르는 중이고
점심 먹고 나간 아들은 소식이 없다
아내와 나는 낡아가는 외벽처럼
아무리 닦아도 빛나지 않는 돌처럼 굳어간다
이런 것이 편하다

아무리 생각해도 고마운 일이다

빚

국민학교 2학년 때였다
옆 동네 사는 친구
뒤로 불러
이십 원 빼앗아
라면땅 사 먹었다
사십 넘어 동창회 몇 번 나가다
친구한테 불려 나가
삼십만 원 줬다
그 후로 소식이 없다
이십 원 너무 늦게 갚았다

사천 원

짜장면값 주라고 시켰더니
거스름돈 사천 원 덜 받은 아들놈
셈 하나 제대로 치르지 못하는
아들놈이
이 험한 세상 어떻게 살아갈까
근심 반 푸념 반 늘어놓다가
한바탕 퍼부으려 배달원을 불렀는데
짬뽕 국물에 데어
붕대 감은 오른손
그 손을 보고
아무 말도 못 하고
아무 일 아니라고 그냥 돌려보냈다

참나무를 베다

지붕으로 넘어지지 않게
가지 밟고 올라 굵은 밧줄 목에 감는다
몇 십 년 꼿꼿했던 생을 무너뜨린다

힘껏 내리치면
쩍—
갈라지는 속살이
배춧속처럼 싱싱하다

그 몸에
구멍을 뚫는다
쇳조각을 박는다

욕

학교를 일찍 마치고 돌아온
저학년 아들이
방바닥에 책가방을 팽개치고
머리를 쥐어뜯으며 내뱉는다
세상에 나와 처음 뱉은 욕
뒤통수 맞은 것처럼 할 말을 잃었다
화분에 영산홍 붉은 꽃이 노랗게 보였다
먼 훗날
결재 서류 내던지며 뱉을 욕
망치나 드라이버 내리치며 뱉을 욕
수금이 안 되어
하늘 보며 뱉을 욕
살아가면서 욕할 일 많고 많지만
흙에서 막 올라온 새싹 같은 욕
쿡 웃음이 터져 나왔다
봄 햇살 가득한 마당에
엉덩이 까고 한 덩이 떨구는
환한 봄날처럼

파도

멀리

있는 사람

괜히

불러

발만 적셔놓는다

두부 하는 날

재수 없게 머리 터진 날
순댓국집에서
소주로 소독을 한다
살면서 찢어지고
살점이 벌어지는 일쯤이야
오늘은
관절염 앓는 아지매 두부 하는 날
아궁이에는
지난여름 장마에 쓰러진
돌배나무 뜨겁게 타고 있다
진눈깨비 흩날리는 저물녘
늙어서 베어버린 감나무 밑둥치
까치가 힘없는 햇살 한 조각 씹어 삼켰다
순두부 한 그릇 탁주 한 사발에
굽은 허리 펴지던 원둔 할배
고개에 묻히고
빈집에 장작더미 내려앉는다
아무도 들어설 이 없는 마당에

까치가 저녁 인사하러 왔다 간다

백년 의자

잔뜩 구부러진 어머니
돌 위에 앉아 있다
시래기 삶아 널어두고
오래 그 자리에 앉아 한숨을 만들기도 했다
나는 하나, 둘 한숨을 헤아리기도 했는데
깜박 졸다 깨면
들창 너머 먼 산 같은 미래가
희미하게 보이기도 했다
펑퍼짐한 어머니
어머니가 아니었으면 좋았을 어머니
늘 맷돌같이 눌려 있던 어머니
이제 오래 자리를 비우고
어떤 날은
죽은 자 가운데서 살아난
할머니가 거기 앉아 있기도 했다
봄비가 와도 스며들지 않는 의자
겨울바람도 비껴가는 철벽 의자
돌과 한 몸이 되어버린 어머니 의자

그 곁에 배롱나무가 빨갛게 꽃을 피우고 있다

이별

오래된 냉장고가 돌아가셨다

가래가 끓기 시작하더니

취객이 골목을 지나며

안방 외벽에 부딪칠 때

거울이 떨어지고

달력이 계절을 바꿔 흔들었다

그날 이후 간헐적인 각혈 소리가 들리기 시작했다

조심스레 그를 열었을 때 그는 깜박거렸다

애호박이 출하될 때까지 살아 있기를 바랐으나

푸르렀던 채소들 검게 품은 채

지독하게 입을 굳게 다물고 있다

물이 새고 방 안 가득 흐느낌이 고였다

멈춘 그의 심장을 열고

손을 넣어 오랫동안 들여다보았지만 안 되겠다

그를 보내기로 한다

손바닥으로 구석구석 몸을 쓸어주었다

마지막처럼 그는 몸을 부르르 떨었다

그에게 꽂았던 플러그를 뽑았다

더 이상 아무 소리도 들리지 않는다

힘

지하철역 앞
취한 중년의 남자
행인에게 욕하며 삿대질한다
아무에게나 달려들어 멱살 잡고 흔든다
출동한 경찰에게
계급장 떼고 붙자고
다 떼고 붙어보자고
잠바를 벗어 던진다
수갑 채우려는 손을 뿌리친다
뒤에서 가만 지켜보던
아들 같은 젊은 청년이 다가가
중년의 손을 꼭 쥐고
가슴을 끌어안고 등을 두드려준다
가슴과 가슴이 한동안 붙어 있다
다소곳해진 남자
젊은 청년의 가슴에 얼굴을 묻고 운다
두 손 마주 잡고 주저앉아 엉엉 운다
경찰은 돌아가고

지나던 사람들 둘러서서
모두 눈시울 붉다

아버지

남의 사과밭에 들어가 익지도 않은 풋사과를
작대기로 내리치다 주인한테 들켜
개처럼 맞고 집에 오자
아버지의 매는 더 뜨겁고 시원했다
자취할 때 주말에 집에 돌아와
남의 깨밭에서 사르르 깨를 털어다가
막걸리나 라면으로 바꿔 먹으며 청춘을 보냈다
내 다 안다 객지살이 많이 팍팍하다는 거
도대체 뭐가 될라 하노
군대 갈 때 나는 첫차로 떠났고
아버지는 아침부터 어두워질 때까지
시외버스 정류장을 수천 바퀴 더 돌았다 한다
막차마저 보내고 걸어서 집에 갔다 한다
직장 잡고 애 낳아 한시름 덜었나 싶었는데
무슨 일 하다 검사한테 조사받고 나왔다는 소식에
득달같이 달려오신 아버지
새끼들 달아놓고 어쩌려고 그러노 하시더니
며칠 전부터 누워도 앉아도 어지럽다 해서

병원에 가시자 하니
살 만큼 살았는데 뭐 하러 병원에 돈 갖다주냐며
강제로 팔을 잡고 어깨를 안아도
뿌리치고 소리치고 난리다
아이고, 아버지 어쩌려고 이러시니겨

즐거운 이승

큰애야, 자고 일어나니 너 아버지가 안 보인다. 주일
인데 교회 가셨겠지요. 너 아버지는 천당엔 안 가고 왜
자꾸 교회를 간다니, 눈 오는데. 눈이 아니고 벚꽃 떨
어지는 거예요. 동전 몇 개 들고 하모니카 사러 가야겠
다. 소리만 듣고 오셔요 손으로 밥을 드셔도 어둠은 만
지지 마세요. 거울을 깨뜨려도 거울은 보지 마세요. 국
끓는 소리가 아니고 하수구 물 내려가는 소리예요. 이
름을 묻지 마세요. 당신이 모르면 나도 알 수가 없어요.
아무것도 모르는 거기가 천국이에요. 뒤돌아보지 마
세요. 뒷문을 열면 천국은 사라져버려요. 개나리꽃 꽃
잎에 찢어진 소나무 그늘 아래 아장아장 걸음으로 꽃
잎같이 가벼워져서 틀리는 문제 받으러 들어서는 거
기는 천국이 아니에요. 손 놓고 말해요 손을 뿌리치는
거기 그 안에서 나오지 마세요. 거기가 천국이에요.

길우 형

배달하며 혼자 사는 길우 형
수거해 온 그릇을 선반 위에 얹는다
냉장고에서
소주를 꺼내 물잔에 채워 마신다
양파 자루 메고 들어오던
주인이 눈을 흘긴다
늘 술을 입에 달고 사는
앞니 빠진 길우 형
되는 일도 안 되는 일도 없이
늘 허허 웃는다
주인이 양파 주머니로 어깨를 후려친다
이 화상아 왜 사노
혹시나 하고 살지요 허허
일없이 빈 주머니 뒤지는
앙다문 어금니도 없이 흐물흐물
길우 형 혹시나 하고 뒷짐 지고
골목을 두리번거린다

오늘의 기도

밤늦은 시간
위층에서 고성이 오간다
병원비 얘기가 나오고
무엇인가 벽에 날아가 부딪치는 소리
나도 모르게 손에 땀이 난다
저 사내
누구의 아들이고 누구의 애비이고
또 누구의 무엇으로
세상을 건너는 중이겠지
늦은 시간까지 어디서 병째 나발을 불다 왔겠지
머리를 쥐어뜯다 왔겠지
그 속을 다 알았는지
대꾸하던 그의 아내가
쾅 방문을 닫고 조용해졌다
내 손이 스르르 풀린다
오늘의 기도가 끝났다

3
부

출구

그 여자의 출구는 절벽이었다
몸을 던지자 꽃 무더기가
그녀를 받아주었다

돌담 너머 바다가 출렁이는
동백나무 아래
언제나 그 자리에 앉아
갈매기처럼 끼룩끼룩 우는 여자
나무에 새잎 트는 소리 듣고
꽃이 어떻게 피었다 지는지 아는 여자

세상이 항상 그녀를 노려봐도
이승에서 저승으로
가는 길이 모두 출구여서
꽃이 그녀를 받아준다

오늘도 그 자리에 끼룩끼룩 앉아 있다

간간이 벌어 근근이 살아간다

한파가 오면 긴 겨울잠에 든다

간간이 벌어 근근이 또 며칠 버티기 위해

두더지같이 차가운 이불 속으로 파고든다

등에 얼음꽃이 파스처럼 피어오르면

몸을 더욱 웅크리고 죽은 듯 꼼짝 않는다

아픈 곳을 찾아 어루만지는 손길이

깊은 상처에 오래 머문다

문밖에는 바람이 차갑게 흩어지고

내일 일거리를 기다리는

밤 아홉 시와 열 시 사이

기별이 오기를 입술이 마르고 목이 타게 기다리다

불러주는 꿈을 꾸며 잠이 든다

몸을 일으키지 못하는 절망의 새벽

어금니 꽉 깨물고 벽을 짚고 일어서면

나를 파고 나를 메꾸는 일들

까마득히 떨어져

한 발 빼면 또 한 발 빠지는

참 징한 펄 한가운데서

이 악물고 버틴다

간간이 벌어 근근이 살아가기 위해

고비

사람이 살면서
세 번의 고비가 온다고 했는데
한번은 은행 신축 공사장
철근 더미에 깔렸다가
용케도 일어섰다
또 한번은 트럭 뒤 돌덩이 싣고
절벽 아래로 구르다 소나무에 걸려
지금까지 이렇게
숨 헐떡거리며 살고 있다
늦도록 술 마시다
문득 불안한 세 번째
고비를 생각하며
어두운 골목 들어서서
아무도 없는 뒤를
돌아보고 또 돌아본다
비틀거리다가 얼른 길을 바로잡는다

바퀴

간밤 언덕 밑에 세워둔
트럭의 바퀴 하나가 사라졌다
가끔 있는 일이다
바퀴는 굴러야 하기에 굴러서 갔다
한쪽으로 쏟아진 과일들이
얼굴을 붉히며 바퀴를 찾아
도로에 흩어지고
웃통을 벗어 바닥에 깐 사내가
차 밑으로 들어가
볼트를 푼다
달아난 자리
숨겨두었던 바퀴를 끼우고
발로 툭툭 찬다
시커먼 장갑 뒤집어 이마에 땀을 닦는다
아무 일 없었다는 듯
비상등을 켜고 시커먼 연기 내뿜으며
트럭이 떠난다

천천히

단추 달린 옷이 싫다
바쁜 출근 시간
목만 쏙 집어넣고 뛰쳐나가면 되는
편한 옷이 좋다
단추를 잘못 끼워 급하게 벗다
떨어뜨린 적도 있다
중요한 날
어쩔 수 없이
와이셔츠를 꺼내
하나하나 단추를 채우면서 생각한다
말 수를 줄여야지
엉뚱한 말을 하지 말아야지
서두르지 말아야지
속으로 몇 번이고 다짐을 하면서
채우지 않은 단추가 있나
마지막 단추를 확인하고
마음이 느긋해졌다
저녁이면 아침을 위해

단추 달린 셔츠를
옷장 맨 앞에 걸어둔다

바닥을 차고 오르는 셔틀콕

날개의 저항력으로 길고 짧음이 결정된다
짧은 그 마음을 읽고 길게 밀어 올릴 때
당신은 당황하겠지
당신의 몸은 웅크렸다 펴지고
손목은 대각으로 뻗치지
대각으로 날던 셔틀콕이 바닥을 향하고
테두리 안쪽 아무 곳에 떨어져도 적중이다
사력을 다해 내리쳐 적중을 바라겠지만
무너질 뻔했던 셔틀콕이
그 순간 당신의 허리를 노리고 있다
오묘하고 빛나는 눈빛
허공에서 눈빛은 빈 곳을 노린다
셔틀콕이 네트 위를 넘을 때
그때 당신이 처리해야 할 또 다른 몫이 있는 것이다
행운을 빌 수 없다 요행도 바랄 수 없다
셔틀콕이 바닥을 향해 꽂힐 때
적중을 예상했지만 그러나
셔틀콕은 언제나 바닥을 차고 올라온다

매의 발톱을 가진 그대

사각의 빈 공간이 모두 그대의 것이 되었을 때

비로소 셔틀콕은 다시 살아난다

밀려나는 것들

특별시에서 인구 십만 도회지로 밀려나
술잔을 채운다
족발 뼈다귀 뜯으며
빈 소주병 일으켜 세운다
아무도 찾지 않는 노점상 아줌마는
자릿세 걱정이고
이 도시에서 조금만 고생하면
시의원 명함 하나 내밀 수 없겠냐고
안경 너머 불안한 눈빛
시베리아 어느 산등성이 얼음 같은
술잔을 부딪친다
찬바람 불고 눈보라 이는
겨울이 우리 사이를 지나갔다
절룩이며 떠났던 땅 외발로 돌아온
네게 쏟아 붓고 싶은 말들
오물거리는 목구멍으로
따뜻한 어묵 국물 삼킨다
늦은 밤 구겨진 지폐

밤거리에 지불하고 돌아오는 길
무너진 담장 아래 고개 숙인 수국
기울어져가는 담벼락
구부러진 허리에 희미한 달빛이 붙어 있다

빨간 공중전화기가 있는 골목

희고 연한 복숭아나무 아래
먼지 쌓인 앉은뱅이 빨간 공중전화기가 있다
수화기 속으로 흘러가지 못하고
우수수 떨어진 꽃잎
검고 긴 창을 쓴 구름 사이로
사다리 타고 죽은 낮달이 내려와
어미 소처럼 핥았다

언덕에는
끝내 돌아가지 못할 유배지의 자작나무가 떨었다
어깨통증 삭이려 생강 냄새에 젖은 하루
쪽방으로 흘러든 햇빛에 묶여
산이 망가진 나사처럼 뒹굴었다
쿨럭이는 소리 연탄재 으깨는 소리
골목에서
아이가 나무 방망이를 쳐올리자
빨갛게 충혈된 달이 쥐똥만 한 눈물을 흘렸다

집집마다 딱딱 칼날 세우는 저녁
저녁 동냥하러 두꺼비가 대문을 넘자
저 탄더미에 고인 빗물이 질퍽하게 흘러내린다
파리한 발꿈치로 마루에 나가
바람에 흔들리는 육십 촉 잡으면
오래 삭은 김치 물빛 슬픔들이
마당 가득 살아났다

원 달러

톤레사프 호수 위
빨간 고무 대야에 앉아
원 달러! 원 달러!
손 내미는 새카만 어린 소녀
애처로운 그 눈망울 앞에서
환전해 간 달러를
물에 빠뜨리진 않을까
빼앗기지는 않을까
가방을 가슴에 꼭 안고
쪽배에 실려 가는데
물길 길목마다
학교보다 원 달러가 더 급한
어린 소년 소녀들
기껏 천 원밖에 되지 않는데
저들 가족 몇 끼니가 될 것인데
나는 가방을 움켜쥐고
왜 노심초사했는지
돌아오는 하늘 위에서

부끄러워 고개를 들지 못했다
수상학교에서 배우는
무수한 입들이 내게 뭐라 뭐라
하는 거 같아 얼굴이 달아올랐다
한 달이 지나도 그 입들이 따라다닌다

비정규직

어두워진 빙판길
일 마치고 집으로 오는데
먼 집의 불빛
너무 밝아 발길 돌린다
바람에 날리는 비닐 문 사이
나뭇가지에 박혀 우는 별아
눈 아프도록 밝은 달아
안주 한 접시
국물에 소주 한 잔 받아놓았다
이 세상에
내 이름 불러주고
주민번호 불러주고
사유서 쓰고
도장 찍고
손에 묻은 인주 닦고
탁 손 털어버렸다
마음도
폭포와 같아서

아무리 높은 곳에서 뛰어내려도

바닥에 와서는 잔잔해지는데

나 돌아가야 할 곳이 너무 밝아

길을 잃고

마른 나무 등걸처럼 서 있다

진눈깨비

봄옷으로 갈아입었는데
진눈깨비가 쏟아진다
비바람 가슴 뚫고 나온
물 화살이 입술에 박힌다
바음만 흘러내리고
오래도록 쌓이길 바랐는데
숫눈 위에 누워 얼고 싶은데
당신 눈 속 흰 별이 있어
늘 발목을 잡는다
아직 꽃잎은 어둡다
나와 분리되어 너 혼자 가는 길
너에게 떨어져 나 혼자 걷는 길
은행나무 밑에 우두커니 서 있다
철퍼덕
죽은 세포 같은 진눈깨비가
바지를 잡고 올려다본다
어디까지 가고 있는지

소각 완료

당신을 생각하면 정전처럼 캄캄해진다
가슴에 농공단지 이름이 박혀 있는
당신을 생각하면 그 길이 떠오른다
나는 당신을 알지 못한다
정문 대추나무 곁에 서서 시작한 가을이
해가 바뀌어 다시 가을이 되어도
우리는 당신을 읽지 못했다
읽지 못하는 계절 어디쯤에서
당신은 당신을 놓으며 멀어져갔다
선수와 심판은 당신이었고
관중은 부재중이었다
당신이 입은 여름 작업복이
십오 층에서 깃발을 내릴 때
사람들은 잘 마른 빨래가 바람에 날리는 줄 알았다
고 한다
당신은 이 세상에서 잘 마른 빨래였다
바람과 햇빛이 흡혈귀처럼 당신을 먹어 치웠다
산복도로에 개나리가 만발하다

불이 꺼진다

당신이 소각 완료되었다

압축

문이 열리자
붉은 경광등이 정신없이 돌아간다
접근 금지 삼십 초 간격으로 녹음된 호루라기 소리
대형 프레스가 해골을 드러낸 채 웃고 있다
지하 계단으로 내려가는 입구
쇠사슬이 팽팽하게 가슴을 막고 있다
한 번쯤 목숨에 대해 생각해보라는 경고문도 없다
트럭이 후진으로 들어오고
산더미처럼 쏟아지는 깡통
높은 곳에서 쩌렁하던 고함과
유통기한 지나 거품 부글거리던 소음
창자에서 머리까지 흔들던 괴성
이 세상을 흔들어대던 소리들
한데 모여 평평하게 갇혀 있다
저마다
밖에서 한마디씩 하던 것들
대형 사각 철판 속 숨죽이고 있다
철커덕 프레스가 중앙으로 이동한다

스위치를 올리자 한순간에 모든 것이 납작해진다
정신없던 세상이 고요해진다

숟가락으로 두루치기를 먹다

몸으로 살던 때였다
벽돌을 지고 계단을 오르면
아침부터 단내가 났다
그런 날이면 목에 때 벗긴다고 단골집에 둘러앉았다
노릿하게 익은 돼지 살점에 허기가 밀려와
급하게 젓가락 들면
손가락이 굳어 젓가락질이 되지 않았다
왼손으로 오른 손가락 마디를 주무르고
오른손으로 왼손 손가락을 풀어도
굳어진 손가락은 펴지지 않았다
할 수 없이 숟가락으로 두루치기를 퍼먹었는데
양파를 많이 넣었는지 알싸하게 눈이 매웠다
조적공과 철근이 내 눈을 훔쳐보고
눈물 바람이나 하는 줄 알았는지
한 살이라도 젊었을 때 이 판을 뜨라고 했다
골병이 몸에 박히면 빼내지 못한다고
하루빨리 접는 게 살길이라고
어서 이 판을 뜨라고 했다

순대 골목

스무 살 적 출석하듯
드나들었던 그 집
이름은 바뀌었지만
이제 늙어버린 주인은
마흔 된 딸과 순대를 썰고 있다
수십 년 만에 가도 알아본다
어디 갔다 왔어요
이 동네에서 숨어 살았다는 말은 못 하고
서울 가서 돈 많이 벌어 고향 왔다니
서울 가면 다 돈 벌어서 오나요
그게 아니고 서울 가면 다 겨우겨우 삽니다
그 말 하고 싶었지만 돈 많이 벌어
다시 고향 왔다고
너털웃음 흘리고 나니
왠지 그냥 기분이 좋네

날렵한 모기

일을 멈추고
보름을 싸웠다

조사관과 마주 앉았다
당신은 조용히 있는 사람들을 선동했고
있지도 않은 사실을 전파했고
몇 조 몇 항 규정을 어겼으니……
이제 여기 아니면 더 이상 갈 데가 없고
그때였다
어디선가 모기가 나타나
자판을 치고 있는 조사관의 손등을 물고 달아났다

날렵한 모기였다

운명

거북이는 태어나면서
이 세상 슬슬 기어보자고
태어난 것은 아니다
토끼는 이 세상 나오면서
부리나케 뛰어보자
작정하고 태어난 것은 아니다
기어도 끝이 없고
뛰어도 끝이 안 보이는
끝에 다다를 수 없는 토끼와 거북이들이
저녁이 되면 어둠을 밀어내며
언덕을 올라온다
아무리 부정하고 싶어도 거북이는 제 등에 짐을
영원히 내려놓지 못할 것이고
토끼는 퉁퉁 부은 짧은 다리로
늘 여기에 와서 멈춘다

발

문

_____

'흙'이 키운 능청과 해학의 리얼리즘

박승민 시인

　문학의 불모지나 다름없는 영주에서 김주태 시인을 알
고 지낸 지 벌써 이십 년이 지났다. 처음 만났을 때 이십
대 후반의 동안(童顔)이었던 김주태 시인이 첫 시집을 낸
다고 하니 '감개는 무량하나' '세월의 유수' 또한 절감한
다. 잘 알다시피 대구·경북은 열에 여덟은 정치적으로 극
우 성향을 지녔고 소위 문학을 한다는 사람들 역시 그 영
역 안에 있다. 그런데 이 '고립무원'의 변방에서 김주태
시인을 만나 『영주작가』를 함께하면서 지나온 세월은 그
와 나 모두에게 그나마 덜 외로웠던 '서로의 등'인 시절이
었다.
　김주태 시인의 근골은 굵고 탄탄하다. 쌍봉의 근육이
벌렁거리는 그의 이두박근은 쌀 반 가마쯤은 너끈히 매
달 만큼 잘 다져진 저울 같다. 그의 몸이 유독 탄탄한 것
은 김주태 시인이 철도노동자로서 직접 노동 현장에서

몸으로 부딪치는 일을 하고 있는 것도 한 이유지만, 더 근본적으로는 어린 시절부터 농사일로 잔뼈가 굵은 탓이 크다.

엄하면서도 속 깊은 아버지가 "됐다 오늘은 그만/ 들어가서 쉬어라" 할 때까지 연필보다는 지게 작대기나 낫을 들고 있던 시간이 더 길었을지도 모를 그 시절은 김주태 시인의 몸은 물론이고 그의 시를 관통하는 '흙의 정서'가 은연중에 시의 근골을 형성하는 기반이 되었을 것이다. 이는 김주태 시인의 시를 이해하는 데 중요한 출발점이 되는데, 이런 풍경을 엿볼 수 있는 시들로는 「상여가 간다」, 「매운 가계(家計)」, 「참나무골」, 「참한의원」 「뒤집어진 봄」 등으로 1부에 집중적으로 배치되어 있다.

사라지는 시간들

그러나 김주태 시인이 맞닥트린 농촌은 어린 시절의 농촌과 멀리 있어도 한참 멀리 와 있다. 흙에서 놀이이자 노동을 가르쳐주던 형이나 아저씨, 아버지뻘 되는 사람들의 젊고 싱싱한 근육들은 농촌의 노령화와 이농의 부침 끝에 늙고 병든 '마지막 세대'들이 되어 "모두 떠나고/ 사라지고/ 굽어지고/ 보이지 않"는 상태이다. 이제는 "복숭아 때깔"을 물어볼 "박 씨"도, "감자 잘 여물고 있느냐"
물어볼 "이 씨"(「사라지는 시간들」)도 모두 떠나고 없다. 그나
마 남아 있는 노인들조차도 "허리야 무릎이야/ 문을 들어
서며 하는 인사"(「착한의원」)들로 논물 보는 일보다 병원을
드나드는 일이 주가 되었고 망자가 되어 "솔가지 진물이
다 빠지도록/ 오지게 우네/ 상주가 저렇게 울어야지/ 상
두꾼이 모이고/ 상여가"(「상여가 간다」) 가는 처지에 놓였다.

자본 문명의 광풍은 이제 농촌마저도 해체 수준을 넘
어서 고추밭이나 산중턱에서 전기를 생산하는 '신(新)농
법'으로 변질되었으며 "오솔길"은 사라지고 어쭙잖은 도
시 흉내를 내면서 "신작로"만 넓어졌다.

김주태 시인의 고향은 이름도 기품 있는 봉화군 상운
면 설매리(雪梅里)이다. 설매에서 안동 쪽으로 조금 더 내
려가면 김영현 소설가가 영남 3현 중의 한 분으로 꼽는
전우익 선생이 사시던 상운면 구천리가 나온다. 고향 설
매에서 유년 시절을 보낸 김주태 시인은 고향을 떠난 후
에도 직장 생활 틈틈이 직접 농사를 짓거나 소를 키우기
도 하면서 여전히 고향 마을로 향한 통로를 열어놓고 있
다. 그런 점에서 김주태 시인의 시의 뿌리를 이해하는 데
는 「지게 작대기」만 한 시도 없다. 「지게 작대기」는 한 개
인의 성장사를 넘어 1980년대 전까지만 해도 우리 농촌
의 원형이 그나마 잘 보존되어 있던 하나의 풍경화로서

도 읽을 수 있다.

초등학교 저학년에게까지 지게를 지게 할 만큼 예나 지금이나 농촌의 일손 부족은 심각했다. 소년은 그 지게로 쇠꼴을 베고, 콩깍지를 날랐을 것이다. 벼라도 심는 날이면 새참을 지고 갔을 것이고 지게와 어린 몸은 어느덧 한 몸이 되었고, 상급 학교 진학을 위해 영주 시내로 유학을 떠날 때는 이불 보따리나 책 따위를 나르는 운송 수단이 되기도 했다. 어쩌면 김주태 시인이 "그래, 바닥없는 놈일수록/ 팔심부터 길러야 되는 거지/ 땅땅 굵은 대못 친다/ 앞산 금이 간다"(「팔씨름」)처럼 세상과의 싸움에서 질 때마다 그를 받쳐주던 '정신의 지게 작대기'였을 것이다.

시오 리 길 학교 가다

잃어버린 육성회비 백이십 원

울며 집으로 돌아왔네

소죽 부엌에 장작개비 밀어 넣던 아버지에게

들킬까 두려워

토란 뒤에 숨어 몰래 엄마 불러내면

엄마보다 더 빨리

날아오던 지게 작대기

도둑고양이보다 빨리 몸을 피했네

감나무 돌아 나올 때까지

뒤따라오던 지게 작대기

학교 늦는다고 다그치던 지게 작대기

중간고사 성적이 떨어져 춤추던 지게 작대기

나무 한 짐 지고 능선 넘다 쓰러지면

일으켜 세워주던 지게 작대기

책 몇 권 이불 하나 지고 자취방 골목 오르던 지게 작대기

객지 떠돌다 마당에 들어서니

자꾸만 기울어져가는 담벼락을

꼿꼿이 버팅기고 있네

―「지게 작대기」 전문

그런데 김주태 시인의 이번 시집에서 우리가 주목할 점은 '흙의 정서'라고 할 수 있다. 김주태 시인은 농민의 아들로 출발해서 밥벌이 때문에 노동자로 수평 이동한 상태에 있지만 그의 정서는 여전히 '흙' 속에 있다. 그의 시에는 시공간이 달라졌음에도 땅을 중심으로 형성된 공동체 문화와 정서, 나보다 남을 먼저 생각하는 '도덕적 배려'가 오롯이 남아 있다. 그리고 이를 이번 시집에 적극적으로 투사하고 있다.

가령 「여름밤」의 세계는 어떤가. 화자는 너무 더워서 잠을 설친 끝에 한밤중에 벚나무 정자로 간다. 그런데 그곳에서 뜻밖에도 "앞집 수야 엄마"를 만난다. "수야 엄마"

의 웃음은 난데없이 뒷집 남자를 만난 어색함이나 수줍음 등 여러 이유가 있겠지만, 극도로 긴장된 상태의 경계심 같은 것은 애초에 없다. 경계심은커녕 오히려 화자를 보고 "돌아서서/ 키득키득 웃"는 상태에 이른다. 화자 또한 "수야 엄마 따라/ 히죽 웃"는 동시 웃음의 상태에 놓인다. 이런 동시 웃음을 유발하는 '여유의 힘'은 서로에 대한 호의나 신뢰일 터인데, 이런 장면이 요즘의 농촌이나 도시의 밤 골목에서 과연 가능할까?

비가 오는 날 "허수아비"(「허수아비」)는 할 일이 별로 없다. 비가 오기 때문에 참새도 이날만큼은 논밭으로 출근을 미루고 밀린 늦잠이나 잘 것이다. 그럼에도 "허수아비"는 "옷은 다 젖고/ 다리에 물은 차오르고/ 바람 불어 덜덜 떨고 있"다. 이쯤에서 화자는 넌지시 '아버지'의 음성을 흉내 내서 "허수아비"에게 권한다. "됐다 오늘은 그만/ 들어가서 쉬어라"라고. 이런 마음의 여유는 흙을 밟고 만지고 그곳에서 새참을 나눠 먹으면서 '너의 사정'을 '나의 사정'으로 바꿔 읽을 수 있는 사람에게만 가능할 것이다. 그런 점에서 김주태 시인의 시의 '따뜻함'의 원천은 그가 어려서 겪고 보고 듣고 배운 '흙의 정서'의 산물일 수밖에 없다는 생각이다.

이런 '흙의 정서'를 잘 형상화한 수작이 「화해」이다. 어린 아들이 책을 잃어버린 채 학교를 갔다 왔다는 소식을 들고 "엄마"는 "감자밭"을 매다가 "호미"를 들고 냅다 집으로 뛰어온다. 자신은 평생 호미질 신세를 못 면하지만 자식만큼은 무슨 수를 써서라도 번지르르한 책상에서 펜대 굴리는 '높은 사람'을 만드는 것이 모든 부모들의 소망일 터, 평소에도 사이가 안 좋던 종오를 범인으로 지목한 엄마는 기어코 종오의 등짝을 "소꼬리로" "후려갈기듯" 하자 "뒷간에서 오줌 누던 종오 어매" 역시 이에 뒤질세라 "엉덩이만 걸치고 뛰쳐나와" 두 엄마는 한바탕 난리굿을 친다. 이 둘의 냉전은 계속되지만, 당연히 나와 종오는 언제 그랬냐는 듯이 다시 한통속이 되어 희희낙락하면서 나란히 학교를 갔을 것이다. 그런데 묘하게도 그 두 엄마의 묘가 맞은편에 자리 잡고 있다는 점이다. 어느 날, "산소에 갔었는데/ 쑥부쟁이 꽃을 종오 어매 어깨너머로/ 슬슬 밀어주며/ 샐쭉이 고개 돌리고 있네/ 울 어매가"라는 이 아름다운 마음속의 풍경을 우리는 어디에서 잃어버린 걸까?

　　자연책을 누가 가져갔을까

　　엉엉 울며 찬물에 밥 말아 먹을 때

　　감자밭 매다 호미 들고

　　마당에 들어서던 울 어매

　　흙 묻은 고무신 손에 꼭 움켜쥐고

맨발로 종오네 수수 담 넘었지

글 모르던 울 어매 눈에

그림이 똑같은 책 두 권이 나와

소꼬리로 등짝 후려갈기듯

종오는 엎어지고

뒷간에서 오줌 누던 종오 어매 겨우

엉덩이만 걸치고 뛰쳐나와

한여름 뙤약볕에 엉겼지

그 후로 두 어른 오래도록

마을 품앗이도 비켜 갔지

참 이상한 일이야

울 어매 산소에서 몇 발자국 비스듬한 맞은편

종오 어매가 묻혔으니

고구마 덤불이 말라가던 어느 오후

산소에 갔었는데

쑥부쟁이 꽃을 종오 어매 어깨너머로

슬슬 밀어주며

샐쭉이 고개 돌리고 있네

울 어매가

—「화해」 전문

사실 자본 문명의 파탄은 어제오늘의 일이 아니다. 최

근의 '코로나19'와 '기후 재앙'이 인류에게 계속해서 경고
장을 보내고 있음에도 이를 무시한 '막개발'과 '4차 산업
혁명'까지 나오는 이 '노답'의 시대에 김주태 시인이 꼼꼼
히 옮겨놓은 이런 '정서의 복원'은 중요한 문제가 아닐 수
없다. 자본 문명의 물량적 공습도 공습이지만, 더 심각하
게는 '공동체'의 해체와 개인과 개인의 단절, 단절된 개인
은 또 여러 개의 자아로 쪼개지는 이 '원룸화된 정신' 불
안의 시대에 김주태 시인은 우리가 원래 가졌던 그 정서
와 가치를 다시 소환한다.

해학과 웃음을 넘어선 포용의 힘

　김주태 시인은 대부분 농민의 자식들이 그러하듯 농촌
을 떠나 대처를 전전한다. 대처는 곳곳이 '위험'이 도사린
험지였고, 그에게 일자리를 쉽게 내어줄 리 없다. "한번은
은행 신축 공사장/ 철근 더미에 깔렸다가/ 용케도 일어
섰다/ 또 한번은 트럭 뒤 돌덩이 싣고/ 절벽 아래로 구르
다 소나무에 걸려/ 지금까지 이렇게/ 숨 헐떡거리며 살
고 있다"(「고비」)처럼 막일로 청년기를 보내고 철도노동자
로 간신히 위치 변경을 한다. 그러나 농촌과 달리 도시는
"밤늦은 시간/ 위층에서 고성이 오간다/ 병원비 애기가

나오고/ 무엇인가 벽으로 날아가 부딪치는 소리/ 나도 모르게 손에 땀이 난다"(「오늘의 기도」)처럼 농촌의 밤 풍경과는 사뭇 다르다. "나를 파고 나를 메꾸는 일들/ 까마득히 떨어져/ 한 발 빼면 또 한 발 빠지는/ 참 징한 펄 한가운데서/ 이 악물고 버틴다/ 간간이 벌어 근근이 살아가기 위해"(「간간이 벌어 근근이 살아간다」)의 세계인 것이다.

그런데 이런 강파른 현실에서도 김주태 시인이 보여주는 세계는 의외다. 그는 상대와 겨룰 때, 상대가 전신에 힘을 주며 초긴장 상태에 있을 때, 자신은 슬쩍, 힘을 빼버린다. 이 경우 십중팔구는 '힘을 뺀' 자의 승리이거나, 설령 패배한다 해도 다음 싸움을 준비할 마음의 여유까지는 잃지 않게 된다. 「날렵한 모기」에서 보이듯 김주태 시인은 철도 파업에 연루되어 검사에게 조사를 받게 된다. 그런데 이 긴박한 상황에서도 그는 이런 여유와 웃음을 놓치지 않는다. 그리고 이 점이 김주태 시의 큰 장점이자 우리 시가 결여하고 있는 '능청'과 '해학'의 세계인 것이다. 이런 '여유'와 '해학'은 우리의 옛 어른들이 오랜 핍박의 세월을 살아오면서 자연발생적으로 터득한 생존의 기술에 가까운 것인데, 이를 김주태 시인은 적절히 잘 되살려내고 있다. 그런 점에서 「화해」, 「길우 형」, 「힘」, 「밤일」은 김주태 시의 진경(眞境)이라고 할 만하다.

일을 멈추고

보름을 싸웠다

조사관과 마주 앉았다

당신은 조용히 있는 사람들을 선동했고

있지도 않은 사실을 전파했고

몇 조 몇 항 규정을 어겼으니……

이제 여기 아니면 더 이상 갈 데가 없고

그때였다

어디선가 모기가 나타나

자판을 치고 있는 조사관의 손등을 물고 달아났다

날렵한 모기였다

—「날렵한 모기」 전문

　「길우 형」의 경우 "앞니 빠진 길우 형"은 중국집 배달 일을 하며 산다. 사는 일이 도통 풀리지 않아 틈만 나면 소주잔을 기울인다. 그는 "되는 일도 안 되는 일도 없이/ 늘 허허 웃는다". 그런 그가 너무 답답해서 주인이 묻는 다. "이 화상아 왜 사노/ 혹시나 하고 살지요 허허/ 일없 이 빈 주머니 뒤지는/ 앙다문 어금니도 없이 흐물흐물/ 길우 형 혹시나 하고 뒷짐 지고/ 골목을 두리번거린다".

"길우 형"은 세상의 막다른 길에 몰린 사람임에도 좀체 화를 내지 않는다. 송곳날 같은 강파른 자세로 세상을 대하지도 않는다. 그의 유일한 선천적인 자산이자 힘은 "웃음"이다. 사실은 이런 '웃음의 세계'가 장기전에는 어느 모로 보나 유용하지만 우리는 이런 '여유'를 잃어버린 지 너무 오래되었다. 그만큼 대응 방식 또한 단기성과주의에 급급했다는 말일 터인데 이런 정서는 도시에서는 자생이 불가능한 '흙의 정서'라고밖에는 달리 말할 수 없다.

「밤일」의 해학도 능청도 만만찮다. 화자는 연일 철야 근무로 녹초 직전이다. 약이라도 한 첩 해 먹어야 당장 내일 아침 출근할 수 있다. 해서 한약방을 들른다. 이 늙수그레한 "해성 어른"과 화자의 "밤일"은 서로 겹치면서 어긋난다. 이른바 "해성 어른"의 그 "밤일"은 쉴 수가 있지만, 화자의 "밤일"은 쉴 수가 없다. 왜냐하면 "무노동 무임금"이기 때문이다. 철야를 밥 먹듯 하는 현장의 실태와 그로 인해 골병든 몸의 상태를 이렇게 능청스러운 웃음으로 풀어내기란 여간 어려운 일이 아니다. 그럼에도 그런 마음의 내공을 가득 물고 있는 것이 김주태 시의 힘이자 그만의 특징이며 작금의 우리 시에서 필요한 중요한 '결핍 요소'이다.

이런 일 저런 일로

술에 절어 살다

눈이 충혈되고 손까지 조금씩 떨려

한약방에서 맥을 짚는다

밤일은 자주 하는가

허구한 날 밤일이지요

허 허 이 사람이

장딴지만 한 쇳덩어리를 빳빳이 세워

매일 조아주는 밤일이지 암

홍건히 축축이 젖는 밤일이지

축 늘어지는 뱅글뱅글 도는 밤일이지

불알에 땀은 나는가

펑펑 쏟아지는데요

큰일이네

보름치 약을 먹고

당분간 밤일을 쉬게

그런데 해성 어른

집에서나 밖에서나

무노동 무임금이라는데

괜찮을까요

—「밤일」 전문

그러나 이번 시집에서 김주태 시의 정점은 아무래도

「힘」이라고 할 수 있다. 해학과 여유가 웃음을 줄 수는 있지만 근본적인 문제에 답하지는 못한다는 점을 생각할 때, 해학과 여유와 연동되어 있으면서 한발 더 나간 지점에 「힘」이 있다. "멱살"이 "가슴을 끌어안고 등을 두드려"주는 '포옹'을 이길 수 없다는 사실은 놀라운 통찰력이다. 그리고 '포옹'은 다시 '포용'으로 이어지면서 '연쇄적 포옹'도 가능하겠다.

더 주목할 점은 '끌어안음'의 주체가 "아들 같은 젊은 청년"이고 객체가 "취한 중년"이라는 사실이다. 어쩌면 한국 사회의 주체의 변화를 이 시에서 읽는 것은 지나친 과잉일까?

「힘」은 '강한 것'이 아니라 '부드러운 것', '밀어내는 것이 아니라 '끌어안는 것', '대치가 아니라 '대화'의 장을 열어놓는다. 이런 개방성에 더해 주체가 "젊은 청년"일 때, 그리고 그런 변화의 조짐이 조금씩이나마 보일 때 한국 사회는 그나마 조금 더 '진일보'하지 않겠는가!

흙의 정서

김주태 시인의 시의 터전은 '흙'이다. 그는 직장 생활 틈틈이 '흙'과의 소통을 멈추지 않는다. '흙의 정서'가 피

위 올린 이번 시집은 가파른 현실에서도 해학과 능청스
런 웃음을 잃지 않는다. 여기서 한 발 더 나아가 부드러운
'포옹의 힘'이라는 지게 작대기로 이 세상을 팽팽하게 지
탱하고 있다.

부디 김주태 시인이 오래 묵힌 이 시들을 세상 밖으로
거침없이 내보내되, 비어 있는 그의 깨끗한 몸속으로 다
시 새로운 시의 씨앗들이 쏟아져 들어오길, 같은 변방에
서 이십 년 이상을 동고동락한 선배이자 동료가 축하와
기대를 섞어서 이 글을 그에게 보낸다.

지하철역 앞

취한 중년의 남자

행인에게 욕하며 삿대질한다

아무에게나 달려들어 멱살 잡고 흔든다

출동한 경찰에게

계급장 떼고 붙자고

다 떼고 붙어보자고

잠바를 벗어 던진다

수갑 채우려는 손을 뿌리친다

뒤에서 가만 지켜보던

아들 같은 젊은 청년이 다가가

중년의 손을 꼭 쥐고

가슴을 끌어안고 등을 두드려준다

가슴과 가슴이 한동안 붙어 있다

다소곳해진 남자

젊은 청년의 가슴에 얼굴을 묻고 운다

두 손 마주 잡고 주저앉아 엉엉 운다

경찰은 돌아가고

지나던 사람들 둘러서서

모두 눈시울 붉다

—「힘」 전문

삶창시선